ISBN : 978 284965 250 4

ASUKA

Dingue de toi !

Ako Shimaki

MUCHA... KUCHA... DAISUKI

Dingue de toi ! 1

Ako Shimaki

MUCHA...KUCHA...DAISUKI

DINGUE DE TOI ! PREMIÈRE PARTIE 5

DINGUE DE TOI ! DEUXIÈME PARTIE 51

DINGUE DE TOI ! TROISIÈME PARTIE 89

AMOUR 127

LE GARÇON DE LA RIVIÈRE 167

PUBLIÉ DANS SHÔJO COMIC CHEESE ! D'OCTOBRE À DÉCEMBRE 2000.

Dingue de toi!
Ako Shimaki
MUCHA... KUCHA... DAISUKI
PREMIÈRE PARTIE

TOKYO EST UNE VILLE INQUIÉTANTE ET SES HABITANTS SONT TERRIFIANTS.
ON Y TROUVE PEUT-ÊTRE DE TOUT MAIS POUR MOI, ÇA N'A AUCUN INTÉRÊT.
MÊME SI PAPA Y A ÉTÉ MUTÉ ET QU'ON A UNE MAISON NEUVE AU CŒUR DE LA VILLE, J'IRAI PAS ! JAMAIS DE LA VIE !
TANT QUE RIEN NE M'ATTIRERA LÀ-BAS,
JE REFUSE DE DÉMÉNAGER À TOKYO !

OUAIS ! FAUT QU'ON S'Y OPPOSE DE PIED FERME !
TOKYO ET SES HABITANTS ME FONT PEUR !
AU FAIT, LE FILS DE M. SUGITA ET SA FEMME SONT ORIGINAIRES DE LÀ-BAS.
ET ILS ONT UN GARÇON D'À PEU PRÈS NOTRE ÂGE !
...
IL A LES CHEVEUX CHÂTAINS ET UNE ALLURE DE DÉMON !
C'EST AFFREUX ...
ALORS JE VAIS VITE RENTRER M'ENFERMER À LA MAISON !
SALUT, HEITA !
HEIN ? DÉJÀ ?
JE NE VEUX SURTOUT PAS TOMBER SUR LE GARS DE TOKYO !
SCRR
QUEL ENDROIT CHIANT !

Y A PAS UNE SEULE FILLE DE MON ÂGE, À DRAGUER !
TAP TAP TAP TAP
J'AURAIS PRÉFÉRÉ RESTR À LA MAISON...
ぱたぱたぱたぱた
...
ぴたっ
TAP
...

ぜぇ HAA
ぜぇ HAA
ELLE... ELLE EST MIGNON-NE...
...
LES CHEVEUX CHÂTAINS ET UNE ALLURE DE DÉMON...
AH! むっ
QU'EST-CE QUE J'ATTENDS, MOI...

C'EST LE GARS DE TOKYO !!
DIS,
SI T'ES LIBRE, ALLONS QUELQUE PART !
ああぁ
ばっ
HOP
AAAH !
ZBAM
PFFF
...
MES JAMBES NE VEULENT PLUS BOUGER ! QUE FAIRE ?!
TU T'ES TORDUE LA CHEVILLE ? TU PEUX TE LEVER ?
SINON, JE PEUX TE PORTER SUR MON DOS !
HEIN ? SERAIT-IL QUELQU'UN DE BIEN ?

MAIS SEULEMENT SI TU M'EMBRASSES !
L'EMBRASSER...
JE T'EMBRASSERAI SÛREMENT PAS !
HEIN ? EST-CE QUE PAR HASARD, TU NE L'AURAIS JAMAIS FAIT ?
B... B... BIEN SÛR QUE SI ! JE SUIS UNE ACCRO DU BAISER !
UNE ACCRO DU BAISER ? ET TU VAS AUSSI ME DIRE QUE T'ES UNE OBSÉDÉE ?
TU MENS, NON ? T'EN AS PAS DU TOUT L'AIR !
N'EN FAIS PAS TROP !
OBSÉDÉE ? OBSÉDÉE PAR QUOI ?
B... BIEN SÛR QUE JE SUIS UNE OBSÉDÉE !
IL PARLE DE ÇA ? JE NE VOIS RIEN D'AUTRE...
C'EST VRAI, ÇA ?
OUI ! C'EST SÛREMENT ÇA...

BIEN SÛR !
JE SUIS PEUT-ÊTRE UNE CAMPAGNARDE MAIS JE SUIS UNE OBSÉDÉE DES ÉTUDES !
...
BOM!
BFF !
HEIN ?
CE... C'EST QUOI, UNE OBSÉDÉE ?
J'AI MAL AU VENTRE !
PFOUA HAHA...
C'EST BIEN ! ALORS T'ES UNE OBSÉDÉE DES ÉTUDES ?
C'EST POSSIBLE ! C'EST POSSIBLE !
POURQUOI TU TE MOQUES DE MOI ?
JE COMPRENDS PAS TROP MAIS EN TOUT CAS, J'AI DÉJÀ EMBRASSÉ QUELQU'UN !
JE MENS PAS...
POUR ÇA, JE VEUX BIEN TE CROIRE ! T'ES AU LYCÉE, NON ?
MOI AUSSI...
D'ACCORD, C'ÉTAIT MON CHIEN...
ALLEZ !

MAIS...
ÇA VAUT TOUJOURS MIEUX QUE CE TOKYOÏTE SUPERFICIEL...
JE TE DISPENSE DU BAISER !
BOBOM
C'EST VRAI...
ICI, ÇA IRA !
MERCI BEAUCOUP !
BAH ? TU ME PROPOSES PAS UN THÉ ?
POM
NAN !
AH ! T'AS UN INSECTE DANS LES CHEVEUX !
AAH ?!
EN... ENLÈVE ...
TIENS-TOI TRANQUILLE !

...
HÉHÉ... JE T'AI EMBRASSÉE...
AU FAIT ! DONNE-MOI TON NOM ET TON NUMÉRO DE TÉLÉPHONE ! JE RENTRE CHEZ MOI DEMAIN !
LA PROCHAINE FOIS, ON S'AMUSERA ENSEMBLE !
ALORS...

DÉ... DÉSOLÉ...
JE T'AI EMBRASSÉE POUR PLAISANTER ...
J'AI ÉTÉ SURPRISE...

TELLEMENT SURPRISE...
QUE JE SAIS PLUS QUOI FAIRE. D'APRÈS TOI ?
D'ABORD, PRÉSENTONS-NOUS !
JE M'APPELLE TSUYOSHI SUGITA...
MOI,
C'EST AOI KATAGIRI.
TSUYOSHI ...

JE NE SUPPORTE PAS LES GENS DE TOKYO MAIS TOI, ÇA VA.
ALORS EST-CE QU'ON POURRA SE REVOIR ?
AAH...
D'ACCORD !
KIII
AOI...

QUOI ?!
ZAT
C'EST LE MEC DE TOKYO, NON ?!
JE SUIS TOMBÉE AMOUREUSE DE TSUYOSHI EN UNE FRACTION DE SECONDE.
IL T'A FAIT QUELQUE CHOSE ?! C'EST ÇA, HEIN ?!
SALOPARD
HEITA...
HM ?!
EST-CE POSSIBLE ?
QU'EST-CE QUE C'EST...
GSH...

CETTE SENSATION...
C'EST UNE PROVINCIALE INNOCENTE ET NAÏVE !
T'ES SI AMOUREUX QUE T'EN AS OUBLIÉ DE LUI DEMANDER SON NUMÉRO DE TÉLÉPHONE ?
J'AI SENTI QUE JE NE DEVAIS PAS TRAITER CETTE FILLE COMME LES AUTRES !
ASSEYEZ-VOUS !
JE VAIS VOUS PRÉSENTER UNE NOUVELLE ÉLÈVE !
CLAC
ENTREZ !

MAIS C'EST QUAND MÊME UNE PAYSANNE ! JE NE PEUX PAS M'EMPÊCHER D'IMAGINER QUE C'EST UN OURS !
PRÉSENTEZ-VOUS !
OUI !
HÉHÉ ! OUI, MAIS ELLE, ELLE EST JOLIE !
ET ÇA AUSSI, C'EN EST UNE, DE PAYSANNE !
AH...
AH !
AH !! TSUYOSHI !
ガタン！
BATAM
TU LA CONNAIS ? ME DIS PAS QUE C'EST CETTE FILLE QUE TU AIMES !
HEIN ?
RE-GARDE-LA !

ELLE EST SUPER MOCHE !
ムカッ
GRR
C'EST PAS VR...
HEIN ? C'EST QUI CETTE NANA POUR TOI ?
ゴニョゴニョ
SHH
SHH
ON SE DEMANDE !
AH, JE SUIS CONTENTE D'ÊTRE DANS LA MÊME CLASSE QUE TOI !
J'AI DEMANDÉ À M. SUGITA LE NOM DE TON LYCÉE !
HEIIIN ?! ELLE ?
ゲェ～
BEUH
T'ES PAS SÉRIEUX ?
PAS POSSIBLE ! C'EST TOI QUI AS RAMENÉ CETTE FILLE ?!
INCROYABLE !
ALORS TSUYOSHI, EXPLIQUE ...
UNE FILLE COMME ÇA...
É...

ÉVIDEMMENT QUE NON !
C'EST JUSTE UNE CONNAIS-SANCE !
JE LE SAVAIS BIEN !
ÇA M'ÉTON-NAIT AUSSI !
?
CRÉTIN ! TU TE FAIS TROP D'IDÉES !
DE QUOI VOUS PARLEZ ?
DÉPÊCHEZ-VOUS DE VOUS ASSEOIR !
OUI !
IL NE RESTE PAS AVEC MOI- ÇA FAIT POURTANT LONGTEMPS QU'ON S'EST PAS VUS !
GRAT

ELLE EST MOCHE ? POURQUOI ? JE LA TROUVE MIGNONNE !
MAIS,
QU'EST-CE QUE JE FICHE, MOI ?
JE SUIS VENUE ICI...
EN ME DISANT QUE DANS CETTE VILLE QUE JE DÉTESTE, JE POURRAIS M'EN SORTIR SI TSUYOSHI ÉTAIT LÀ...
キーンコーン DANG DONG
カーンコーン DING
TSUYOSHI, ON RENTRE ENSEMBLE ?
BAH, SI TU VEUX...
わら HA! HA!
TSUYO-SHI,
ON Y VA !
わら HA! HA!
わら HA! HA!
わら HA!

SI T'AS CRU
QUE C'EST CE QUE JE RÉPONDRAIS, TU T'ES PLANTÉE !
...
QU'EST-CE QUI LUI PREND ?
...
JE VOULAIS JUSTE RENTRER AVEC TOI...
TU PLAISANTES !
...
PFF ...
...
ET POURQUOI PAS ?
ON RENTRE TOUJOURS TRANQUILLEMENT TOUS LES CINQ ENSEMBLE, ÇA TE VA ?
OUI !
JE PEUX PEUT-ÊTRE ME FAIRE D'AUTRES AMIS QUE TSUYOSHI À TOKYO !
BOBOM ドキドキ
BOBOM ドキドキ
AAH, MON CŒUR BAT FORT...

MON CŒUR...
POF
ぽっん...
...
...
TSUYOSHI A L'AIR DE S'AMUSER !
IL EST CONTENT QUE CES FILLES MIGNONNES ET BIEN HABILLÉES SE COLLENT À LUI...
COM-PARÉE À ELLES...

J'AI L'AIR D'UNE CAMPAGNARDE SANS AUCUNE ÉLÉGANCE
ET PATHÉTIQUE...
C'EST SÛREMENT POUR ÇA...
QUE TSUYOSHI M'ÉVITE...
HÉ ! ARRÊTE DE TE COLLER À MOI COMME ÇA!
OÙ EST LE PROBLÈME ?
ÇA ME PLAÎT PAS ! ON VA CROIRE DES CHOSES !
QUI ÇA, "ON" ?
TIENS ? OÙ EST-ELLE PASSÉE ?
LÀ... LÀ-BAS !
...

...
QU'EST-CE QUE TU FICHES ?!
くわっ
AH !
QU'EST-CE QUE ÇA PEUT FAIRE ? TOUTES LES FILLES ONT DES JUPES COURTES !
BAISSE-LA !
NAN !
BAISSE-LA !
NAN !
ぬ
GRRR
PUISQUE C'EST COMME ÇA...
TU L'AURAS VOULU !
TCHAC
AH !
TSUYOSHI ...
ダーッ
DASH
RE-GARDEZ PAS !
RE-GARDEZ PAS !
VOUS, LÀ !
NE RE-GARDEZ PAS !

POURQUOI TU M'EN AS EMPÊCHÉE ? IDIOT !
HAA ぜえ HAA ぜえ
C'EST PLUTÔT TOI L'IDIOTE, À FAIRE DES TRUCS PAREILS !
JE SUIS PEUT-ÊTRE UNE BOUSEUSE,
MAIS JE SUIS PAS IDIOTE À CE POINT !
JE SAIS BIEN...
ギクッ GLOUPS
QUE TU AS HONTE D'ÊTRE AVEC MOI PARCE QUE JE SUIS MOCHE !
ET JE SAIS AUSSI CE QUI SE DIT SUR MOI À L'ÉCOLE !
JE NE POURRAI JAMAIS ME FAIRE D'AMIS DANS CES CONDITIONS !
ALORS J'AI PRIS MA DÉCISION !

POUR VIVRE À TOKYO,
JE VAIS FAIRE DE MON MIEUX...
JE DOIS CHANGER !
JE VAIS DEVENIR UNE JEUNE FILLE IN !
UNE JEUNE FILLE IN ?
CAR C'EST LÀ QUE VIT TSUYOSHI !
QU'EST-CE QUE T'AS, TSUYOSHI ?

TU EN TIRES, UNE TÊTE !
J'AI PAS DORMI DE LA NUIT !
TU SAIS CE QUE C'EST, UNE JEUNE FILLE IN ?
J'Y AI RÉFLÉCHI TOUTE LA NUIT, MAIS J'EN AI AUCUNE IDÉE !
PFF... PFF... PFF...
DE QUOI TU PARLES ?
ELLE A PARLÉ DE CHANGER DE LOOK ALORS À TOUS LES COUPS, ELLE VA VENIR ACCOUTÉE BIZARREMENT !
ET ELLE VA ENCORE ÊTRE LA RISÉE DE LA CLASSE !
ÇA M'INQUIÈTE !!
MAIS QU'EST-CE QUE C'EST, UNE JEUNE FILLE IN ?!
TSUYOSHI !
HÉ, TSUYOSHI !
QUOI, ENCORE ?!
AH...

ALORS ?
JE SUIS DEVENUE UNE JEUNE FILLE IN ?
TSUYO-SHI ?
AH !
ÇA TE VA SUPER BIEN !
ON RENTRERA ENCORE ENSEM-BLE !
ガラッ
CLAC
...
C'EST QUE JE SUIS OCCUPÉE !
À LA MAISON, JE SUIS UNE VÉRITABLE OBSÉDÉE !
HEIN ?
ざわっ

BLA
O... OBSÉDÉE PAR QUOI ?
BLA
BAH,
PAR ÇA, ÉVIDEMMENT !
À FORCE, J'EN AI MAL AU DOS !!
ÇA TE DIT QU'ON FASSE ÇA ENSEMBLE ?
MOI AUSSI !
BIEN SÛR !
C'EST PLUS AMUSANT DE FAIRE ÇA TOUS ENSEMBLE !
ON DIRAIT QUE JE ME SUIS FAIT UN TAS D'AMIS TOUT À COUP !
C'EST PARCE QUE JE SUIS DEVENUE UNE JEUNE FILLE IN...
GABAM
UMPF !
TSUYOSHI !
RENDS-NOUS NOTRE AOI !
...
DASH
CE SALAUD SE LA GARDE POUR LUI TOUT SEUL !
OUAIS !
RETROUVONS-LE !

QU'EST-CE QUI TE PREND ? J'ÉTAIS EN TRAIN DE SYMPATHISER !
SALLE AUDIOVISUELLE
N'UTILISE PAS DES MOTS QUE TU COMPRENDS PAS !
HEIN ?
JE VOULAIS SIMPLEMENT LEUR DIRE QUE J'ÉTUDIAIS POUR RATTRAPER LES COURS PUISQUE JE VAIS RESTER DANS CE LYCÉE...
ÉCOUTE ...
NAN, LAISSE TOMBER ! JE T'EXPLIQUERAI PLUS TARD !
AH ...
J'AI MAL À LA TÊTE !
TU AS MAL À LA TÊTE ?
TU VEUX QUE JE T'APPORTE UN MÉDICAMENT ?
DIS,
ÇA VA ?
POURQUOI...
ES-TU AUSSI ATTIRANTE ?

À PARTIR D'AUJOURD'HUI, ON RENTRERA SEULS TOUS LES DEUX !
C'EST VRAI ?
OUI,
SI TU VEUX RENTRER TÔT, JE TE RACCOMPAGNERAI DIRECTEMENT CHEZ TOI !
ET SI TU VEUX ALLER T'AMUSER,
JE T'EMMÈNERAI...
...
JE NE SAIS PAS CE QUI M'ARRIVE...
IL ME SUFFIT D'EFFLEURER TES CHEVEUX...

POUR QUE MES MAINS SE METTENT À TREMBLER...
QUE VEUX-TU DIRE ?
EXPLIQUE-MOI CLAIREMENT, JE NE COMPRENDS PAS !
JE...
AH !
ILS SONT LÀ !
ガラッ
CLAC

REVIENS EN CLASSE !
OUBLIE TSUYOSHI !
AH...
ON ÉTAIT EN TRAIN DE PARLER !
HÉ !
AOI, T'ES AMOUREUSE DE QUELQU'UN ?
SI T'AS PERSONNE, JE VEUX BIEN...
OUI, J'AIME QUELQU'UN !
C'EST MON PREMIER BAISER !
QUOI ?! LAISSE TOMBER CE TYPE !
TSU... TSUYOSHI...
BATAN
... ?
SON PREMIER BAISER...

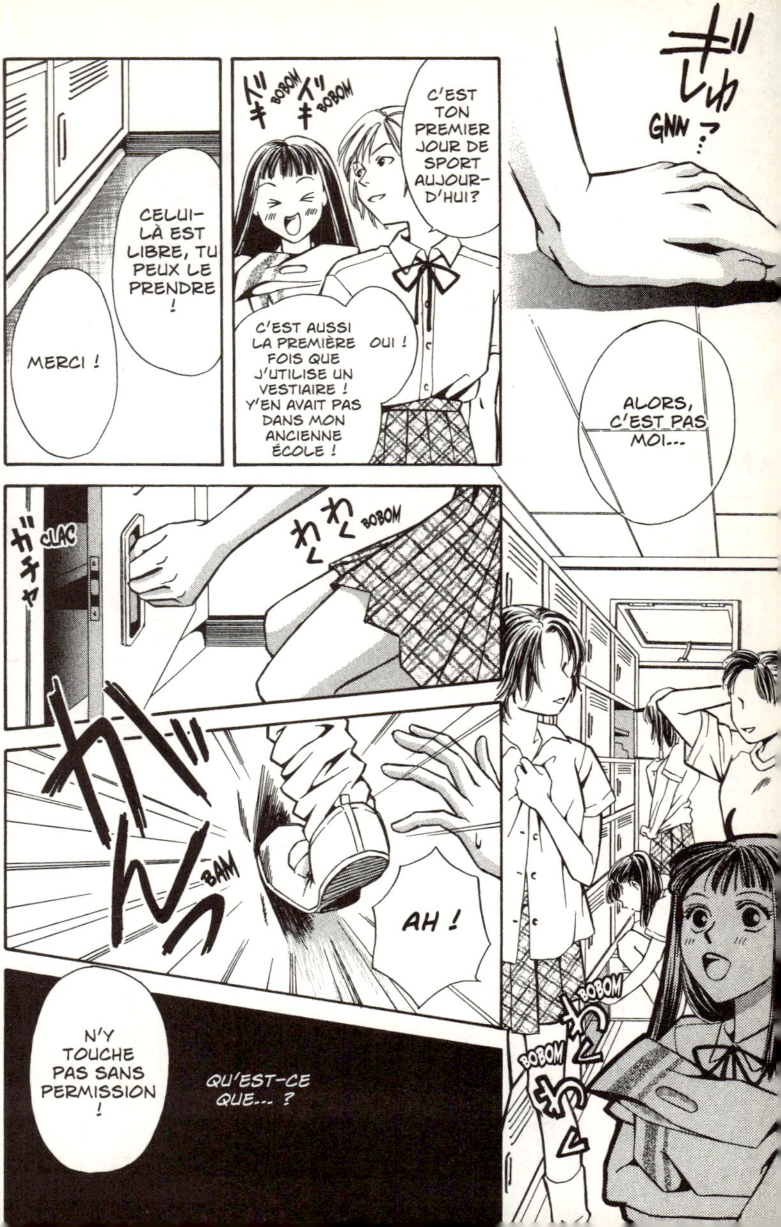
GNN ?...
C'EST TON PREMIER JOUR DE SPORT AUJOURD'HUI?
BOBOM BOBOM
OUI !
C'EST AUSSI LA PREMIÈRE FOIS QUE J'UTILISE UN VESTIAIRE ! Y'EN AVAIT PAS DANS MON ANCIENNE ÉCOLE !
CELUI-LÀ EST LIBRE, TU PEUX LE PRENDRE !
MERCI !
ALORS, C'EST PAS MOI...
BOBOM
CLAC
BOBOM BOBOM
BAM
AH !
QU'EST-CE QUE... ?
N'Y TOUCHE PAS SANS PERMISSION !

ÇA, C'EST MON VESTIAIRE !
TU VAS NOUS CONTAMINER AVEC TES MICROBES DEPOUIL-LEUSE !
TAC
ひょいっ
AH...
POF !
ぽすっ
ET VOILÀ !
PROBLÈME DES AFFAIRES CONTAMI-NÉES RÉSOLU !
QU'EST-CE QUE TU FAIS !
TON UNIFORME M'ÉCŒURE !

ÇA M'ENNUIE QU'UNE PETITE PROVINCIALE S'IMAGINE ÊTRE COMME NOUS !
LYCÉENNE RATÉE !
CO-PIEUSE !
POURQUOI PAS NULLARDE ?
PFF ! HAHA !
QUOI QU'IL EN SOIT, VA-T-EN AVEC TES MICROBES DE BOUSEUSE !
ON VEUT AS ÊTRE FECTÉES !
PLUS VITE !
JE DOIS TENIR BON !
PAF
AH ! AU FAIT !
SINON, JE NE POURRAI PAS RESTER AVEC TSUYOSHI...
E VAIS E DIRE ELQUE HOSE 'AMU-ANT !

TIENS ?
TU RENTRES ?
TSUYOSHI...
ET TES COURS ?
J'AI TRÈS MAL À LA TÊTE, ALORS JE RENTRE PLUS TÔT.
MAIS, ET TOI ?
MOI, JE SÈCHE !
TU SAIS, TSUYOSHI...
JE...

TU DOIS ÊTRE FATIGUÉE AVEC CE CHANGEMENT DE LYCÉE !
REPOSE-TOI BIEN !
...
MERCI !
BYE BYE !
SALUT ...
ELLE EST SÛREMENT AMOUREUSE D'UN TYPE DE LÀ-BAS...
BAH...

IL DOIT FORCÉMENT ÊTRE MIEUX QUE MOI...

C'EST BIEN, TOKYO !
IL Y A PLEIN DE MAGASINS OUVERTS 24H SUR 24,
ALORS ON PEUT ACHETER N'IMPORTE QUOI, N'IMPORTE QUAND ET N'IMPORTE OÙ !
CES PERSÉCUTIONS NE M'ATTEIGNENT PAS DU TOUT !
JE VAIS BIEN !
POUR L'INSTANT, JE TIENS LE COUP !
LES GENS RESSEMBLENT TOUS À DES ARTISTES !
C'EST UNE VILLE JOYEUSE ET ANIMÉE !
"JE VAIS TE DIRE QUELQUE CHOSE D'AMUSANT !"
POUR L'INSTANT...
ATTENDS !

JE TE RACCOMPAGNE CHEZ TOI !
"TU SAIS, TSUYOSHI N'EST PAS FIDÈLE EN AMOUR !"
"IL AFFIRME MÊME QUE ÇA L'AMUSE DE BARATINER LES FILLES !"
JE T'AI PROMIS QU'ON RENTRERAIT ENSEMBLE, NON ?
ÇA VA !
C'EST PAS LA PEINE QUAND JE PARS PLUS TÔT !
MAIS JE VEUX T'ACCOM-PAGNER !
ÇA VA, JE TE DIS !
"JE VAIS TE RÉPÉTER CE QUE TSUYOSHI DIT À TOUTES LES FILLES !"
"IL COMMENCE TOUJOURS COMME ÇA !"
JE...

"JE NE VEUX PAS ÊTRE SÉPARÉ DE TOI..."
JE NE VEUX PAS ÊTRE SÉPARÉ DE TOI...
"TU FERAIS MIEUX DE FAIRE ATTENTION !"
"S'IL TE DIT ÇA,"
AHAHA...
JE SUIS TOUCHÉE.
JE SUIS TOUCHÉE MAIS...

POUR-QUOI TU PLEURES ?
IL VA SÛREMENT VITE SE LASSER DE MOI !
PLEURE PAS !
JE NE VEUX PAS QUE ÇA ARRIVE !
QU'EST-CE QUE JE PEUX FAIRE...
SI UN JOUR, IL DOIT S'ÉLOIGNER DE MOI, JE...
QUI EST-CE QUI TE FAIT DU MAL, AOI ?!
C'EST PARCE QUE TSUYOSHI EST LÀ QUE JE M'ACCROCHE.
MAIS...
MAIS...
C'ÉTAIENT LES SEULS MOTS QUE JE NE VOULAIS PAS ENTENDRE...

JE VAIS LUI RENDRE LA MONNAIE DE SA PIÈCE !
HEITA...
...
C'EST RARE DE TE VOIR PLEURER !
HEITA...
SI UN JOUR, IL DOIT ME QUITTER...

JE PRÉFÈRE LE FAIRE LA PREMIÈRE.
HEITA...
JE NE M'APPROCHERAI PLUS...
DE TSUYOSHI.

Dingue de toi !
Ako Shimaki
MUCHA... KUCHA... DAISUKI
PREMIÈRE PARTIE

SI TSUYOSHI S'AMUSE À LAISSER TOMBER LES FILLES,
ALORS JE NE DOIS PLUS M'APPROCHER DE LUI !
MÊME SI, EN RÉALITÉ, J'AI ENVIE D'ÊTRE AVEC LUI, JE NE VEUX PAS QU'IL S'AMUSE AVEC MOI !
JE SUIS UNE FILLE SENSIBLE.
J'AI PAS ASSEZ DE TEMPS POUR ME DEMANDER CE QU'IL FAUT FAIRE.
EN CE MOMENT,
JE VOUDRAIS QUE LE TEMPS S'ARRÊTE...
ILS VONT BIEN ENSEMBLE,
CES DEUX-LÀ !

AAH, QUEL DOMMAGE !
...
À PROPOS,
CE HEITA...
IL A CHANGÉ D'ÉCOLE POUR SUIVRE AOI, NON ? EN PLUS, IL PARAÎT QU'IL VIT CHEZ ELLE !
C'EST ÇA, L'AMOUR ♡
...
OUI, ILS S'AIMENT !
ばさっ
PAF
ÇA NOUS REGARDE PAS !!
HM ? TU SÈCHES POUR ALLER DRAGUER ?
LA FERME !
JE VIENS AVEC TOI !
LA FERME, JE TE DIS !!

TE FÂCHE PAS COMME ÇA !
C'EST VRAI !
T'ES LOURD !
POURQUOI TU TE METS EN COLÈRE ?
JE NE SUIS PAS EN COLÈRE !
AOI ?
HEIN ? HM...
...
LAISSEZ-MOI TRANQUILLE !

TSS...

ELLE NE ME REGARDE MÊME PAS...

Narlbo
FILTER
QU'EST-CE QUE JE FICHE,
MOI...
RÉAGIR COMME ÇA JUSTE PARCE QUE JE ME SUIS FAIT JETER...
DE TOUTE FAÇON, J'ÉTAIS PAS SÉRIEUX !
TSS !
ELLE A EU RAISON DE LE FAIRE...
DIEU !
QUOI ? QUELQU'UN PRIE DANS CE SANCTUAIRE EN RUINES ?
QUI ÇA PEUT ÊTRE...
EST-CE QUE VOUS ÊTES LÀ ?

AOI...
DIEU
J'AIMERAIS QUE VOUS M'ÉCOUTIEZ !
JE SUIS AMOUREUSE DE QUELQU'UN !
JE SUIS PROCHE DE LUI MAIS JE NE PEUX PAS LUI DIRE CE QUE JE RESSENS !
QUELQU'UN QU'ELLE AIME ?
TSS
ELLE PARLE DE LUI...
DIEU !
QUE DOIS-JE FAIRE ?!
GSH...
NE SORS PAS AVEC CE GARÇON !
AH !
OUPS ...

DIEU,
VOUS M'AVEZ PARLÉE...
DIEU ! Ô DIEU!
QUE VOULEZ-VOUS DIRE PAR "NE SORS PAS AVEC CE GARÇON !"
...
CE GARÇON TE RENDRA MALHEUREUSE !!
MALHEUREUSE... ?
POURQUOI...
...
UN...
UN GARÇON QUI TE CONVIENT MIEUX SE TROUVE PRÈS DE TOI.
RÉFLÉCHIS BIEN !

PRÈS DE MOI ?
MAIS CE GARÇON ...
N'AIE PAS PEUR !
JETTE-TOI DANS SES BRAS LES YEUX FERMÉS !
SINON, LE CIEL TE PUNIRA !
LE CIEL ME PUNIRA ?!
JE NE LE CONSIDÈRE QUE COMME UN AMI !
GLOUPS
SI JE ME JETTE DANS SES BRAS, JE NE SERAI PAS PUNIE ?
JE VAIS FAIRE CE QUE JE PEUX !
TAC
JE ME PRENDS POUR DIEU MAINTENANT...
JE L'AIME AU POINT DE DIRE DES CHOSES AUSSI STUPIDES,
ALORS POURQUOI EST-CE LUI QU'ELLE A CHOISI ?
POURQUOI PAS MOI ?

BOBOM
A... ALLEZ !
JETTE-TOI DANS MES BRAS !
LES YEUX FERMÉS...
DASH
DANS LES BRAS DE HEITA...
HOP !
BADAM
ZBLAM
WOUAAH !!
...
QU'EST-CE TU FICHES, AOI ?!
REPRENDS-TOI !
ILS SONT BRUYANTS, CES CAMPAGNARDS !
PFF...

IDIOT DE DIEU !
POURQUOI VOUS M'AVEZ DIT DE ME JETER DANS SES BRAS ?!
TOUT CE QUE J'AI GAGNÉ C'EST UNE BOSSE !
SE JETER DANS SES BRAS, OUI, MAIS PAS LITTÉRALEMENT!
EN PLUS, ELLE S'EST TROMPÉE DE PERSONNE !
J'AURAIS PEUT-ÊTRE PAS DÛ LUI DIRE DE FERMER LES YEUX ?
DIEU !
DITES QUELQUE CHOSE !
ALORS,
VOICI UN NOUVEL ORACLE.
LE GARÇON QUI VIENDRA DANS TA CHAMBRE CE SOIR À 9H EST CELUI QUI T'EST DESTINÉ !
HEIN ?!
QUI M'EST DESTINÉ ?!
OUI, TU NE PEUX ALLER CONTRE LE DESTIN !
MAIS À 9H, JE DORMIRAI DÉJÀ !
ALORS À 7H !

D'ACCORD ...
MAIS, DIEU,
SI CELUI QUI M'EST DESTINÉ N'EST PAS CELUI QUE J'AIME,
JE CROIS QUE JE NE LE LAISSERAI PAS ENTRER, MÊME SI JE DOIS M'OPPOSER AU DESTIN !
...
SI ELLE NE ME LAISSE PAS ENTRER...
GNN
J'USERAI ...
DE LA FORCE !
AOI !
TU VAS TE LAVER ?
ドキッ
BOBOM

AH !
IL N'EST PAS ENCORE 7H...
VAS-Y D'ABORD !
T'ES SÛRE ?
JE LA TROUVE BIZARRE !
BATAM
7H...
TOC TOC TOC
IL EST LÀ !
QUI C'EST ?! ÇA PEUT PAS ÊTRE HEITA ?!
SALUT !
HEIN ?
PAR LA FENÊTRE ?!
AOI...
S'IL TE PLAÎT...
ZZZ
AH !
LAISSE-MOI ENTRER ...

BOBOM
BOBOM
AAH, J'AI CRU QUE J'ALLAIS MOURIR !
QU'EST-CE QUI SE PASSE ?
ET POURQUOI TU PASSES PAR LA FENÊTRE ?
DE CETTE FAÇON, J'ÉTAIS SÛR DE POUVOIR ENTRER !
HEIN ? COMMENT ÇA ?
QUE ...
QUOI QU'IL EN SOIT, J'AI EU ENVIE DE TE VOIR CE SOIR À 7H !
CE SOIR À 7H...
TSUYOSHI EST DONC BIEN CELUI QUI M'EST DESTINÉ ?
ÇA SIGNIFIE QU'IL EST SÉRIEUSEMENT AMOUREUX DE MOI ?
ET PUIS JE TE L'AI DIT LA DERNIÈRE FOIS, NON ?!

"JE NE VEUX PAS ÊTRE SÉPARÉ DE TOI "!
JE...
P... POURQUOI ?!
JE T'AI DÉJÀ DIT QUE JE NE VOULAIS PAS ENTENDRE CES MOTS, NON ?
GLOUPS
PARCE QU'ON M'A DIT QUE TU DÉCLARES ÇA À TOUTES LES FILLES !
QU... QUI T'A DIT ÇA ?!
DE TOUTE FAÇON, J'AI PAS ENVIE QUE TU T'AMUSES AVEC MOI !
VA-T'EN !
LE DESTIN... N'IMPORTE QUOI !
TSUYOSHI NE VOIT EN MOI QU'UNE FILLE COMME LES AUTRES !
BOTOM
HM ?

JE VEUX JUSTE TE DIRE UNE CHOSE,
ALORS NE ME CHASSE PAS...
DIMANCHE PROCHAIN,
JE T'ATTENDRAI DANS LE PARC PRÈS DE L'ÉCOLE !

DU MATIN JUSQU'À MINUIT,
JE T'ATTENDRAI...
JE NE T'APPROCHERAI PLUS ET JE NE TE PARLERAI PLUS.
ALORS ...
QU'EST-CE QU'IL Y A ?
J'IRAI PAS...
SI TU N'ES PAS VENUE AVANT MINUIT,
J'ABANDONNERAI ...
NE PENSE PAS QUE JE SUIS UN COUREUR...

ばぁん
VLAN
AOI !
HOP
QU... QU'EST-CE QU'IL Y A, HEITA ?
TU M'AS FAIT PEUR !
HOP
Y'AVAIT PAS QUELQU'UN ?
POURQUOI VEUX-TU QU'IL Y AIT QUELQU'UN ?
TES MAINS,
QU'EST-CE QU'ELLES ONT ?
HEIN ?

AOI ?
RIEN DU TOUT !
JE VAIS ALLER ME DOUCHER MOI AUSSI !
BATAN
...
JE T'ATTENDRAI ...
JE SUIS BEL ET BIEN AMOUREUSE DE TSUYOSHI...

JUSQU'À MINUIT,
JE T'ATTEN-DRAI !..
ALORS J'AI CONFIANCE...
EN MON DESTIN ET EN TSUYOSHI...
DIS,
T'ES LIBRE DIMANCHE PROCHAIN ?
HEIN ?
NAN !
AH...
ON SE DISAIT QU'ON POURRAIT SORTIR TOUS ENSEMBLE !
VOUS SAVEZ,
MÊME MOI, IL M'ARRIVE D'ÊTRE OCCUPÉ !

カチ
CRAC
HÉ !
...

QUOI ?
C'EST TOI ?
TU SERAIS PAS LE PETIT AMI D'AOI ?
J'EN AI L'AIR ? TU VAS ME FAIRE ROUGIR ♡
POF
T'ES IDIOT OU QUOI ?
TSUYOSHI ET AOI ONT PRÉVU DE SE VOIR DEMAIN !
AH ?
TU AIMES AOI, NON ?
ALORS PRENDS-TOI EN MAIN !
ET ELLE SERA À TOI !
JE...
JE PEUX PAS FAIRE UNE CHOSE PAREILLE !!
TU PRÉFÈRES QUE TSUYOSHI TE LA PIQUE ?
POF
AH,
ET VIDE CETTE POUBELLE !
IL PLEUT !

JE NE PEUX PAS...
FAIRE UNE CHOSE PAREILLE...
QUE PEUT BIEN FABRIQUER HEITA ?
IL N'EST PAS RENTRÉ DE LA NUIT !
J'ESPÈRE QU'IL N'A PAS MAL TOURNÉ !
JE PENSE QU'IL N'Y A PAS À S'INQUIÉTER POUR ÇA...
AH !
JE DOIS SORTIR !
TU VAS DEHORS SORS ? IL PLEUT, FAIS ATTENTION !
OUI, JE SAIS !
À TOUT À L'HEU...

HEITA ?!
SALUT !
TU TREMBLES !
TU AS L'AIR D'AVOIR BEAUCOUP DE FIÈVRE !
MAMAN, UNE SERVIETTE !
AOI, TU PEUX Y ALLER ! JE VAIS M'OCCUPER DE LUI !
NON...
JE VEUX QU'AOI RESTE !
TU VEUX BIEN, HEIN, AOI ?!
HEITA ...
JE T'ATTENDRAI...
DU MATIN JUSQU'À MINUIT...

BOBOM
HÉ !
LE PETIT, LÀ !
HEIN ? MOI ?
TIENS !
TU VAS PRENDRE FROID !
JE TE DONNE MON PARAPLUIE ALORS DÉPÊCHE-TOI DE RENTRER !
VOUS ÊTES SÛR ?
OUAIS ...
OUI, D'ACCORD ...
PLUS VITE !
ATTENDS ! RENDS-MOI MON PARAPLUIE !

ON RESSEMBLE PLUS À UN TYPE BIEN...
QUAND ON EST TREMPÉ PAR LA PLUIE, NON ?
HM...
がばっ
AH !
AH ?!
IL EST DÉJÀ SI TARD ?!

COMMENT FAIRE ?
AH LA LA !
AH, HEITA !
HEUREUSEMENT, SA FIÈVRE A BAISSÉ !
BIEN ! SI JE ME DÉPÊCHE, J'ARRIVERAI AVANT MINUIT !
SSS
TCHAC
HEITA...
QU'EST-CE QU'IL Y A ? IL FAUT QUE TU DORMES !
HEIN ?
HOP !
...
AH !

JE NE PEUX PAS TE LAISSER LE REJOINDRE !
JE T'AIME !
... ?!
TSUYOSHI...
JE NE TE CÈDERAI À PERSONNE !
À PERSONNE...

TSUYOSHI...

POUR-QUOI TU NE RÉSISTES PAS ?
TU VOIS BIEN QUE J'ESSAIE DE TE FORCER ?!
JE SAIS QUE TU ES INCAPABLE DE FAIRE UNE CHOSE PAREILLE.
JE SUIS SÉRIEUX !
ALORS FAIS COMME ÇA TE CHANTE ! TU PEUX ME FAIRE CE QUE TU VEUX !
MAIS MES SENTIMENTS POUR TSUYOSHI NE CHANGERONT PAS !
ET TU RESTERAS MON AMI !
...
TAIS-TOI !
JE TE DIS QUE JE SUIS SÉRIEUX !
TCHAC

...
TU JOUES AU PLUS FORT...
MAIS, DEPUIS TOUT À L'HEURE, TES MAINS TREMBLENT !
TRÈS BIEN !
HEITA...
PARS AVANT QUE JE NE CHANGE D'AVIS !
HEITA, JE SUIS DÉSOLÉE !
MAIS...

JE...
JE SAVAIS QUE TU NE ME FERAIS RIEN !
BATAM
ELLE A RAISON !
JE SUIS INCAPABLE DE FAIRE LE MOINDRE MAL...
À AOI...
TSUYO-SHI ?!
TU ES LÀ ?
TSUYOSHI !
POUR-QUOI...

GNN
POURQUOI !
POURQUOI VOUS NE ME LAISSEZ PAS VOIR TSUYOSHI ?!
IL EST MON PREMIER BAISER,
ET MON PREMIER AMOUR !
TSUYOSHI EST CELUI QUI M'EST DESTINÉ, NON ?
ALORS...

POURQUOI ...
KSH...
カサ...
C'EST VRAI QUE JE SUIS...
TON PREMIER BAISER ?
DIEU,
POURQUOI N'AVEZ-VOUS PAS ARRÊTÉ LE TEMPS ?

OUI !
C'EST POUR ÇA QUE JE SUIS VENUE...
C'EST VRAI ?

DIEU...
A ARRÊTÉ LE TEMPS...

L'AIGUILLE DES SECONDES S'EST ARRÊTÉE...
POUR QUE JE PUISSE ÊTRE AVEC TOI...
J'AI ENTENDU LES BATTEMENTS DU CŒUR DE LA PERSONNE QUE J'AIME...

Dingue de toi !
Ako Shimaki
MUCHA... KUCHA... DAISUKI
TROISIÈME PARTIE

PAM
PAM
DIEU,
JE VOUS REMERCIE !
GRÂCE À VOUS, TSUYOSHI ET MOI SOMMES MAINTENANT ENSEMBLE !
...
しぃん…
FUUU
...
...
C'EST BIZAR-RE !
DIEU ?! DIEU ?!
BABAM
BABAM
C'EST PAS GRAVE !

あ! AH!
LE DIEU QUI EST ICI PARLE VRAIMENT !
TU SAIS...
J'AI COMPRIS ! MA VOIX EST TROP FAIBLE !
CRIONS PLUS FORT, TSUYOSHI !
TIENS, CE SERAIT PAS TSUYOSHI ET AOI ?
MAIS OUI ! ILS CRIENT QUELQUE CHOSE !
DIEU, RÉPONDEZ-NOUS !
C'EST VRAI !
RÉPONDEZ-NOUS, VITE !
...
...
IL A CHANGÉ !
TSUYOSHI ...
JE VOUS REMERCIE !
MERCI !
OUI,
IL N'EST PLUS COMME AVANT...

ALLEZ, DESCENDS DE LÀ !
MAIS...
ぱっ
PAH
TU PRÉFÈRES PAS...
AH...
QU'ON S'EMBRASSE ?
ストン
TAP
S'EMBRAS-SER ?
LA HONTE...
LAISSE TOMBER !
J'ARRIVE PLUS À CRIER TELLEMENT ÇA ME FAIT RIRE !
PFF HAHA !

CET ÉTÉ, ON S'EST EMBRASSÉS QU'UNE FOIS DANS LE FEU DE L'ACTION !
PUISQU'ON SORT ENSEMBLE, ON PEUT BIEN RECOMMENCER ?!
CE... C'EST VRAI...
MOI AUSSI, J'AI ENVIE QU'ON S'EMBRASSE ENCORE.
NON ?
MAIS, HEIN ?
TSUYOSHI OUVRE LA BOUCHE !
LES BAISERS SE FONT LA BOUCHE OUVERTE ?!
QU'EST-CE QUI VA SE PASSER ?! QUE DOIS-JE FAIRE ?!
AH !
AH !

DEVINETTE !
QUELLE EST LA CHOSE QUE J'ADORE ?
HEIN ?
SI TU RÉPONDS CORRECTE-MENT, JE T'EMBRAS-SERAI !
C'EST QUOI, ÇA ?!
ATTENDS ! LA CHOSE QUE TU ADORES...
AAH !
M...
UN INDICE !
ÇA BRILLE !
ÇA BRILLE ?
AAH, JE SUIS VRAIMENT TROP GÊNÉE !
EN PLUS, JE NE COMPRENDS PAS SA FAÇON D'EMBRASSER ...

JE VIENS DE LA CAMPAGNE, ALORS J'AI DU MAL À M'ADAPTER AU RYTHME DE TSUYOSHI...
QUELQUE CHOSE QUI BRILLE ET QU'AOI ADORE...
LES DIAMANTS ? LE PLATINE ?
ELLE A PAS L'AIR DU GENRE À AIMER CE GENRE DE...
PSHH...
CES TEMPS-CI...
JE TROUVE QUE TSUYOSHI N'A PLUS RIEN D'ATTIRANT !
HOP
KII
AVANT, MON CŒUR S'EMBALLAIT RIEN QU'EN LE CROISANT !
MAINTENANT, JE SUIS PLUS ATTIRÉE PAR HEITA !
AH ! MOI AUSSI, MOI AUSSI ! IL FAIT UN PEU SAUVAGEON !

HEITA EST CARRÉMENT MIEUX QUE TSUYOSHI !
ガラッ
CLAC
AOI !
TSUYOSHI, QU'EST-CE QU'IL Y A ?
ÇA TE DIT D'ALLER VOIR UN FILM AVANT DE RENTRER ?
ガタ
TAP
...
TU ES SÉRIEUX ?
TU VIENS AUSSI ?
NON MERCI !
AH BON ?
OUF
SHH
JE SUIS SÛR QU'ELLE VA VITE SE LASSER DE TOI !
T'AS PARLÉ ?
NON, NON !

ON A ENCORE UN PEU DE TEMPS, ON VA QUELQUE PART ?
SST
D'AC-CORD !
...
PAR ICI !
TAC
TSUYOSHI ...
HM ?

J'AI DU MAL À MARCHER !
...
AH
T'AVAIS UNE PLUME SUR L'ÉPAULE !
PAH
ぱっ
AH ?
JE ME FAIS PEUT-ÊTRE DES IDÉES ?
AUJOURD'HUI,
じぃーっ
HUUM
TSUYOSHI ...
C'EST BON ?
HEIN ?
ギクッ
GLUP
TSUYOSHI EST TRÈS BIZARRE !

TU AS L'AIR DE DÉTESTER CE QUE TU BOIS !
PAS DU TOUT !
J'ADORE LE CAFÉ NOIR !
ON DIRAIT PAS...
PFF
TU NE SAIS ENCORE RIEN DE MOI !
カチン
TCHAC
HOP
IL EST INTERDIT DE FUMER AVANT 20 ANS !
C'EST TRÈS MAUVAIS POUR LA SANTÉ !
CALME-TOI...

TOUT LE MONDE FUME !
IL EST VRAIMENT BIZARRE !
IL FAIT DES MANIÈRES, SE FORCE À RIRE,
ET IL FAIT EXPRÈS DE FUMER.
EN PLUS, ÇA FAIT SUPER CLASSE !
ALLEZ, RENDS-LA MOI !
CE COMPORTEMENT ...
JE RENTRE...
JE DÉTESTE ÇA !
HÉ !
MERCI, AU REVOIR !
QU'EST-CE QU'ELLE A ?

TCHAC
PFF !
FAIS CE QUE TU VEUX !
TAC
C'EST AMER...
C'EST VRAI...
COMME ÇA, J'AI VRAIMENT RIEN D'ATTIRANT...
BONSOIR !
ET TON FILM ?
JE M'EN FICHE !
GNII
VOUS VOUS ÊTES DISPUTÉS ?
OUI !

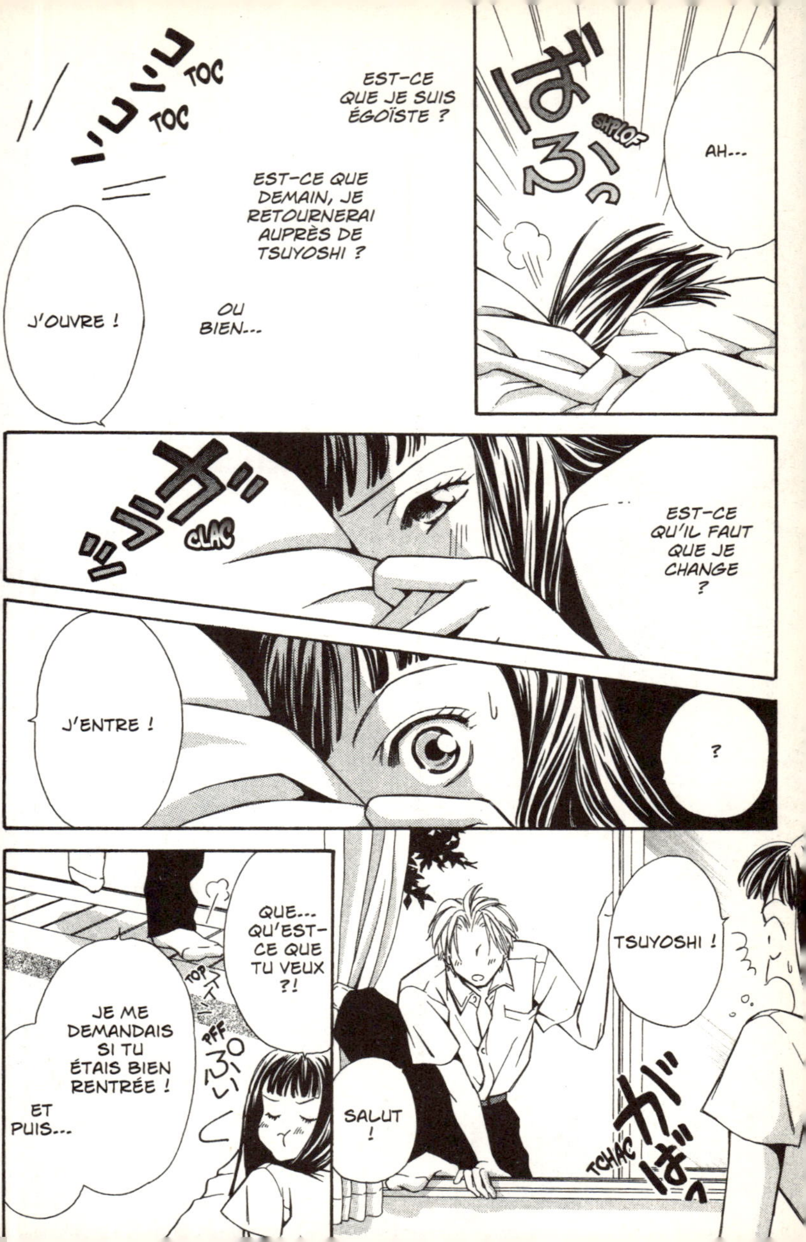
AH...
SHPLOF
EST-CE QUE JE SUIS ÉGOÏSTE ?
EST-CE QUE DEMAIN, JE RETOURNERAI AUPRÈS DE TSUYOSHI ?
OU BIEN...
TOC
TOC
J'OUVRE !
EST-CE QU'IL FAUT QUE JE CHANGE ?
CLAC
?
J'ENTRE !
TCHAC
TSUYOSHI !
SALUT !
QUE... QU'EST-CE QUE TU VEUX ?!
PFF
TOP
JE ME DEMANDAIS SI TU ÉTAIS BIEN RENTRÉE !
ET PUIS...

PFF !
JE VOULAIS VOIR TON VISAGE EN COLÈRE !
HUM
IL...
IL EST REDEVENU NORMAL !
MAIS POURQUOI TU N'ENTRES PAS PAR LA PORTE ?
PARCE QUE JE SUPPORTE PAS CE TYPE...
GRR
JE SUIS FOLLE DE JOIE !
CE TYPE ?
QUI ÇA ?!
MAIS QUI C'EST, CE TYPE ??
PARLE PAS SI FORT !
IL VA VENIR !
HEIN !
JE T'AI DIT DE PAS PARLER...

--- ?
SI FORT !

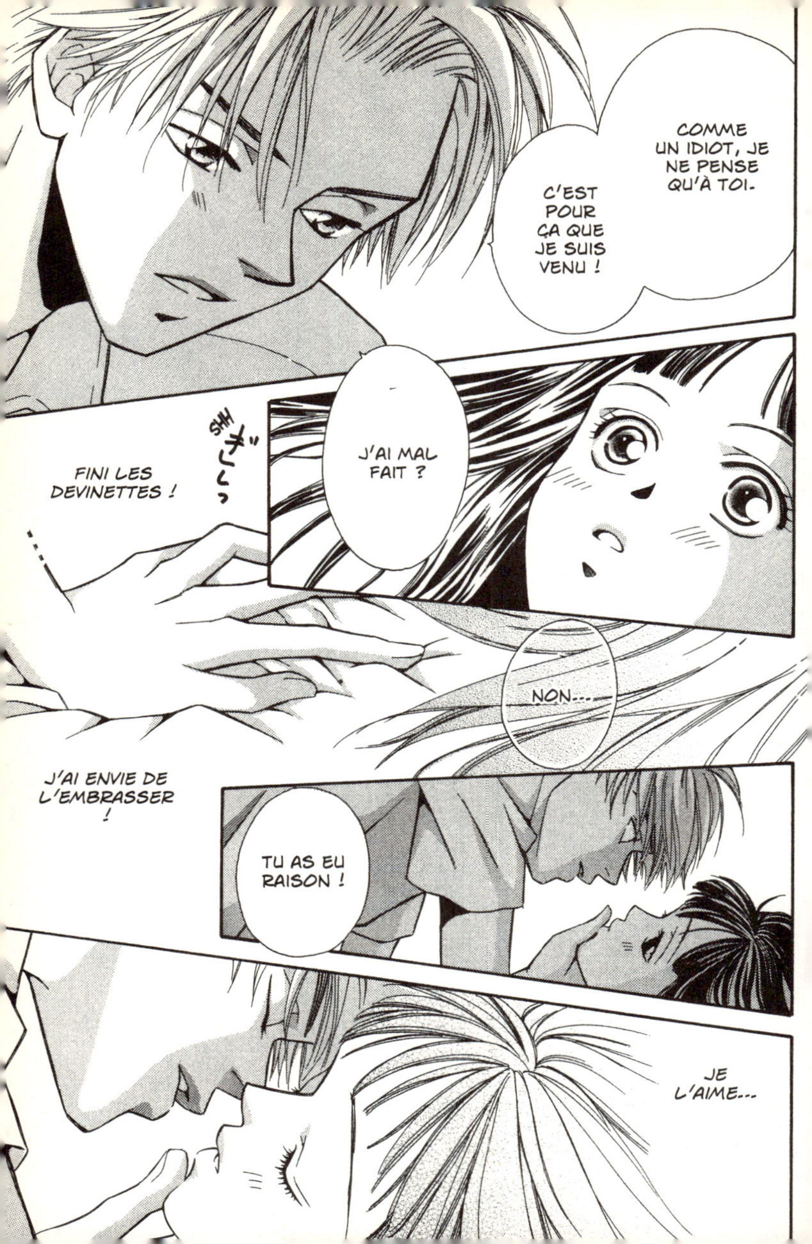
COMME UN IDIOT, JE NE PENSE QU'À TOI.
C'EST POUR ÇA QUE JE SUIS VENU !
J'AI MAL FAIT ?
SHH
FINI LES DEVINETTES !
...
NON...
TU AS EU RAISON !
J'AI ENVIE DE L'EMBRASSER !
JE L'AIME...

AOI,
TU VEUX DES GÂ...
CLAC
...TEAUX !
BLAM
AH !
SALAUD !
TIRE-TOI !
TSUYOSHI, VA-T'EN VITE !
ABRUTI !
JETTE PAS LES GÂTEAUX !
FIUU
FIUU
AOI !

SALE PERVERS !
DEMAIN AUSSI, ON RENTRE ENSEMBLE ?
D'ACCORD !
TSUYOSHI ---
DOIT SÛREMENT ÊTRE TRÈS PATIENT---
POUR SUPPORTER MES MALADRESSES !

ALORS...
JE VEUX VITE RATTRAPER MON RETARD...
AUJOURD'HUI,
JE VAIS EMBRASSER TSUYOSHI !
VÉRIFICATION DE L'HALEINE !
HM
HAA
ÇA SENT LE DENTIFRICE...
TU ME GÊNES !
OOH
C'EST QUOI, CETTE TÊTE ?
TRÈS BIEN !
ICI, TU GÊNES ! QU'EST-CE QUE TU FICHES ?!
JE SUIS DÉSOLÉE !
J'ATTENDS TSUYOSHI...

...
AU FAIT, IL A DIT QU'IL SERAIT EN RETARD ET QUE TU DEVAIS RENTRER SANS LUI !
AH ?
OÙ EST PASSÉ CE PERVERS ?
IL M'A DIT DE RENTRER SANS LUI...
AH BON...
AOI, T'ES ENCORE LÀ ?
AAH, J'ÉTAIS POURTANT BIEN DÉCIDÉE À L'EMBRASSER...
POUR UNE FOIS, ON A QU'À FAIRE LE CHEMIN ENSEMBLE ?
...
MAIS...
D'ACCORD !
ÇA PEUT ATTENDRE DEMAIN...
ALLEZ ♡

TAP TAP TAP TAP TAP
LES PAYSANS GOBENT VRAIMENT N'IMPORTE QUOI !
HAA HAA
TIENS ?
T'AS PAS VU AOI ?
ELLE EST PARTIE !
AVEC HEITA !
HA..
TU MENS !
ELLE NE SERAIT PAS PARTIE SANS MOI SANS RAISON !
C'EST VRAI !
CES TEMPS-CI, HEITA A DU SUCCÈS AUPRÈS DES FILLES !
...
TU DEVRAIS FAIRE ATTENTION À ELLE !

QU'EST-CE QU'ELLE RACONTE...
PERSONNE NE PEUT SE METTRE ENTRE AOI ET MOI !
MÊME CE TYPE...
HM ?
...
SSSSST
IDIOT ! POURQUOI JE ME CACHE, MOI ?!

C'EST VRAI ! J'AI PAS À ME CACHER !
JE SUIS LE PETIT AMI D'AOI !
MAIS...
PIERRE, PAPIER, CISEAUX !
POURQUOI VONT-ILS SI BIEN ENSEMBLE ?

TSUYOSHI !
QUOI ?
HOP
HOP
TU SAIS, TU SAIS,
ET BAH...
AH BON !
...
SI C'EST POUR TE CONFESSER, JE T'ÉCOUTE !
J'AI ENCORE RIEN DIT !

ME CONFESSER ? DE QUOI ?
ET BAH...
POUR HIER...
QUOI, HIER ?!
J'AI RIEN FAIT DE MAL !
GRR
TSHH
JE VAIS T'EXPLIQUER COMMENT ÇA FONCTIONNE ICI !
HUM

SE PROMENER AVEC UN AUTRE GARÇON QUE SON PETIT AMI,
C'EST UN CRIME !
AH...
BIENTÔT, CE SERA PUNI PAR UN ARRÊTÉ À TOKYO !
QU'EST-CE QUE T'AS À CRIER, AOI ?
JE ME SUIS PROMENÉE AVEC HEITA !
AAH
LA FERME !
?
HEITA !
がばっ
GABAM
QU'EST-CE QUE...
JE DOIS FAIRE...
J'...

J'AI MENTI !
COMMENT TU PEUX CROIRE UN MENSONGE PAREIL ?
ICI, C'EST PAS COMME À LA CAMPAGNE !
FAIS UN EFFORT POUR T'HABITUER À TOKYO !
...

ADAPTE-TOI UN PEU À MOI !
QU'EST-CE QUE T'AS À CRIER DEPUIS TOUT À L'HEURE ?
...
J'AI FAIT DE MON MIEUX POUR M'ADAPTER À TSUYOSHI !
JE VOULAIS VITE RATTRAPER MON RETARD !
HÉ ! TU DIS RIEN ?!
MA DÉCISION DE L'EMBRASSER ÉTAIT UN PREMIER PAS !
MAIS...
TSUYOSHI ...

ARRÊTE DE TE PRENDRE POUR MON PETIT AMI...
ALORS QUE T'ES INCAPABLE DE TROUVER CE QUE J'ADORE !
QU... !
AAH, C'EST COMME ÇA ?! ALORS SÉPARONS-NOUS !
VOYONS, CALMEZ-VOUS !
TRÈS BIEN !
ADIEU !
...
TSUYOSHI ...
OUI ?

IDIOT !
IDIOT !
CRÉTIN !
...
ABRUTI !
IM...
BÉ...
CILE !
TAP
SERAIT-ELLE MAUVAISE PERDANTE ?
TSS !
OÙ ELLE A VU QUE JE ME PRENAIS POUR SON PETIT AMI ? QUAND EST-CE QUE J'AI FAIT ÇA ?
ME PRENDRE POUR SON PETIT AMI ...
GRR
GRR
GRR

ET PUIS D'ABORD, OÙ EST LE MAL À ME PRENDRE POUR SON PETIT AMI ?!!
DASH
ダッ
POURQUOI AOI EST-ELLE AMOUREUSE D'UN TYPE PAREIL ?
JE SUIS MIEUX QUE LUI !
VA SAVOIR ...
POURTANT, IL NE PLAÎT PLUS AUX FILLES ?
JE T'AI TROUVÉE !

JE VAIS DÉCOUVRIR LA RÉPONSE À TA DEVINETTE !
COMME ÇA JE POURRAI ME PRENDRE POUR TON PETIT AMI AUTANT QU'IL ME PLAIRA !
TU TROUVERAS PAS !
LA FERME !
DE TOUTE FAÇON, C'EST SÛREMENT LES DIAMANTS OU QUELQUE CHOSE DU GENRE, NON ?
NON !
ALORS QUOI ?
QUELQUE CHOSE QUI BRILLE, HEIN...
AH...
ET ÇA ?

TCHOC
AOI...
!
LE CIEL EN PLEIN ÉTÉ !
IL EST ÉBLOUISSANT !
...
PFF ! POURQUOI TU DIS DES CHOSES PAREILLES ?!
ME...
ME FRAPPE PAS !
PARCE QUE...
JE...
CE QUE J'ADORE...

ET QUI BRILLE...
JE VOULAIS VOIR TON VISAGE EN COLÈRE !
C'EST...
JE VAIS TE DIRE LA RÉPONSE...
SÉRIEUX ?

JE...
JE SUIS DINGUE...
DE TOI !

C'EST ÇA...
ALORS JE VAIS RIRE AUTANT QUE TU LE VOUDRAS !
MAINTE-NANT,
EST-CE QUE JE PEUX T'EMBRASSER ENCORE UNE FOIS ?
RETROUVEZ LA SUITE DE
Dingue de toi !
DANS LE TOME 2 !

AMOUR
1

IL M'ATTIRE.
JE SUIS SOUS LE CHARME DE KANAME SHIBAZAKI, DE LA CLASSE D'À CÔTÉ.
COMME SI JE L'AVAIS DÉJÀ RENCONTRÉ IL Y A LONGTEMPS OU QU'IL RESSEMBLAIT À QUELQU'UN...
QUOI QU'IL EN SOIT, C'EST PLUS FORT QUE MOI, IL ME PLAÎT.

POURQUOI TU ME REGARDES TOUT LE TEMPS ?
EST-CE QUE CE SENTIMENT SERAIT...
JE SUIS AMOU-REUSE...
JE SUIS AMOU-REUSE.
HEIN ?
DE TOI...

JE CROIS...
...
ATTENDS, JE RÉFLÉCHIS !
...
...
...
PFF
JE SUIS DÉSOLÉE MAIS...
JE NE SAIS PAS TROP. QU'EN PENSES-TU ?
NE ME DEMANDE PAS À MOI !
JE CROIS QUE J'AI DES SENTIMENTS POUR LUI...
MAIS QUELQUE CHOSE ME CHIFFONNE ...
ALLEZ, VA !
TU VEUX QU'ON SORTE ENSEMBLE POUR VOIR ?
HEIN ?

CE SERA UNE PÉRIODE D'ESSAI ET SI ÇA NE MARCHE PAS, ON ARRÊTE !
ÇA NE ME DÉRANGE PAS ! TU N'ES PAS LE GENRE DE FILLE QUE JE DÉTESTE !
UNE PÉRIODE D'ESSAI ?
C'EST PEUT-ÊTRE UNE BONNE IDÉE ?
C'EST VRAI !
CE SERAIT PEUT-ÊTRE BIEN...
TU T'APPELLES COMMENT ?
MAIS J'AIMERAIS SAVOIR !
SACHIKO AMIHAMA !
POURQUOI SHIBAZAKI...
ENCHANTÉ !
M'ATTIRE... AUTANT...

DIS, SI TU ES MON PETIT AMI ET QUE JE SUIS TA PETITE AMIE, ALORS C'EST UN RENDEZ-VOUS AMOUREUX ?
MOI, J'AIMERAIS ALLER DANS UN PARC D'ATTRACTIONS !
SÛREMENT PAS ! SI ON VA QUELQUE PART, C'EST À UN MATCH DE FOOT !
OOH... LE PARC D'ATTRACTIONS !
LE MATCH DE FOOT !
LE PARC D'ATTRACTIONS, ÇA CRAINT !
MAIS SI TU FAIS QUELQUE CHOSE QUI ME FAIT PLAISIR, J'Y RÉFLÉCHIRAI !
QUELQUE CHOSE QUI TE FERAIT PLAISIR ?
ぎゅっ
TCHAC
COMME ÇA ÇA ÇA...
C'EST TOUT ? J'AI L'HABITUDE QUE LES FILLES SE SERRENT CONTRE MOI.
???

AH ? TU N'ES PAS CONTENT ?
GUILI
HÉ HÉ HÉ HÉ HÉ HÉ...
IDIOTE ! ARRÊTE !
D'AC-CORD ! ÇA NE TE SUFFIT PAS ! JE VAIS LE FAIRE PLUS FORT !
HAHA ! ARRÊTE ...
GYAHAHAHAHA ! HIIIIIIII !
HAHA ! HAHA !
HUM...
LE PARC D'ATTRAC-TIONS !
HUM HUM
HORS DE QUESTION !
HEIN ? SHIBAZAKI A L'AIR DE S'ENNUYER !
...
C'EST VRAI QUE NOUS N'AVONS RIEN EN COMMUN...
PEUT-ÊTRE QUE...
DIS !

PEUT-ÊTRE QU'ON NE VA PAS ENSEMBLE ?
EST-CE...
UNE MANIE ? DE FIXER LES GENS AINSI...
CE N'EST PAS UNE MANIE !
HEIN ?
C'EST BIZARRE ?
NON ...
ÇA NE ME DÉRANGE PAS !
SI JE LE FIXE, C'EST SÛREMENT...

ET SI...
ON SE TENAIT PAR LA MAIN ?
J'AIME PAS TROP ÇA MAIS...
DE TEMPS EN TEMPS, ÇA FAIT PAS DE MAL !
LA MAIN ? LAQUELLE ?
BABOM
N'IMPORTE LAQUELLE !
TCHAC
HEIN ?
PARCE QUE C'EST LUI...

C'EST LA PREMIÈRE FOIS...
QUE JE SORS AVEC UNE FILLE AUSSI INEXPÉRIMENTÉE QUE TOI !
SHIBAZAKI A AUSSI CE GENRE D'EXPRESSION ...
JE SUIS HEUREUSE !
AH ! SHIBAZAKI SE PROMÈNE AVEC UNE FILLE ! JE SUIS DÉGOÛTÉE !
LAISSE ! DE TOUTE FAÇON, C'EST JUSTE UN JEU, NON ?
SHIBAZAKI NE DIT JAMAIS "JE T'AIME" !
C'EST BÊTE MAIS JE SUIS FOLLE DE LUI ♡
SACHI,
ON RENTRE ?

AH !
QU'EST-CE QUE... TU FICHES ?
TU RESTES RÉVISER POUR LES EXAMENS ? ÇA NE T'EST PAS VENU À L'IDÉE DE DEMANDER À TA VOISINE DE TE MONTRER ?
BIEN SÛR QUE SI !
② 直線上の
2点間の距
MAIS J'AI TROUVÉ ÇA, ALORS JE SUIS RESTÉE.
AH BON.
C'EST COMPLIQUÉ...
ÇA ME RAPPELLE QUAND J'ÉTAIS AU CM2, JE RESTAIS SOUVENT APRÈS L'ÉCOLE !
JE VOULAIS QUE LE PROFESSEUR S'OCCUPE DE MOI ALORS JE NE FAISAIS JAMAIS MES DEVOIRS !
......
JE RESTAIS TOUS LES JOURS...
ALORS À LA FIN...

IL EN AVAIT MARRE !
HÉ, QU'EST-CE QUE TU RACONTES ?
MAIS,
C'ÉTAIT MON PREMIER AMOUR...
OUI, C'ÉTAIT MON PREMIER AMOUR...
HM ?
TSS !
BATAM
J'AI L'IMPRESSION DE NE PAS ME SOUVENIR DE TOUT...
?
2-C
RAAH ! ARRÊTE DE RÉVISER ICI !
SI TU VEUX ÉTUDIER, JE VAIS T'AIDER !
TAC
HEIN ? TOI ?
PAS MOI !

MON COUSIN !
IL EST ENSEIGNANT EN ÉCOLE PRIMAIRE !
DING DONG ! DING DONG !
TAMOTSU !
TAMOTSU !
IL S'APPELLE TAMOTSU ?
OUI !
IL N'EST PAS LÀ ?
BAH, C'EST PAS GRAVE ! JE SAIS OÙ IL CACHE LA CLÉ !
TU CONNAIS BIEN !
EN FAIT, J'AMÈNE SOUVENT DES FILLES... EUH, DES AMIS !
ALLONS L'ATTENDRE À L'INTÉRIEUR !
TAMOTSU, TAMOTSU...
J'AI L'IMPRESSION D'AVOIR DÉJÀ ENTENDU CE NOM QUELQUE PART.
D'ACCORD...
OÙ ÉTAIT-CE ?

JE VAIS ME COUCHER !
RÉVEILLE-MOI QUAND TAMOTSU RENTRERA !
HEIN ? TU VAS DORMIR ?
JE VAIS M'ENNUYER TOUTE SEULE !
BIP
...
カタ…
TAC
HEIN...
ALORS...
ON DORT ENSEMBLE ?

FERME --- LES YEUX !
JE SUIS HEUREUSE.
JE SUIS TELLEMENT HEUREUSE !
QUE VAS-TU FAIRE ?
JUSTE T'EMBRASSER !
ON EST ENCORE EN PÉRIODE D'ESSAI...
JE SUIS SI HEUREUSE QUE J'AI LA TÊTE QUI TOURNE !
TU PEUX OUVRIR LES YEUX !
MAINTENANT, JE PEUX LE DIRE AVEC CONVICTION !
NON !
SI J'OUVRE LES YEUX...
JE NE POURRAI PLUS M'ARRÊTER ...
JE...

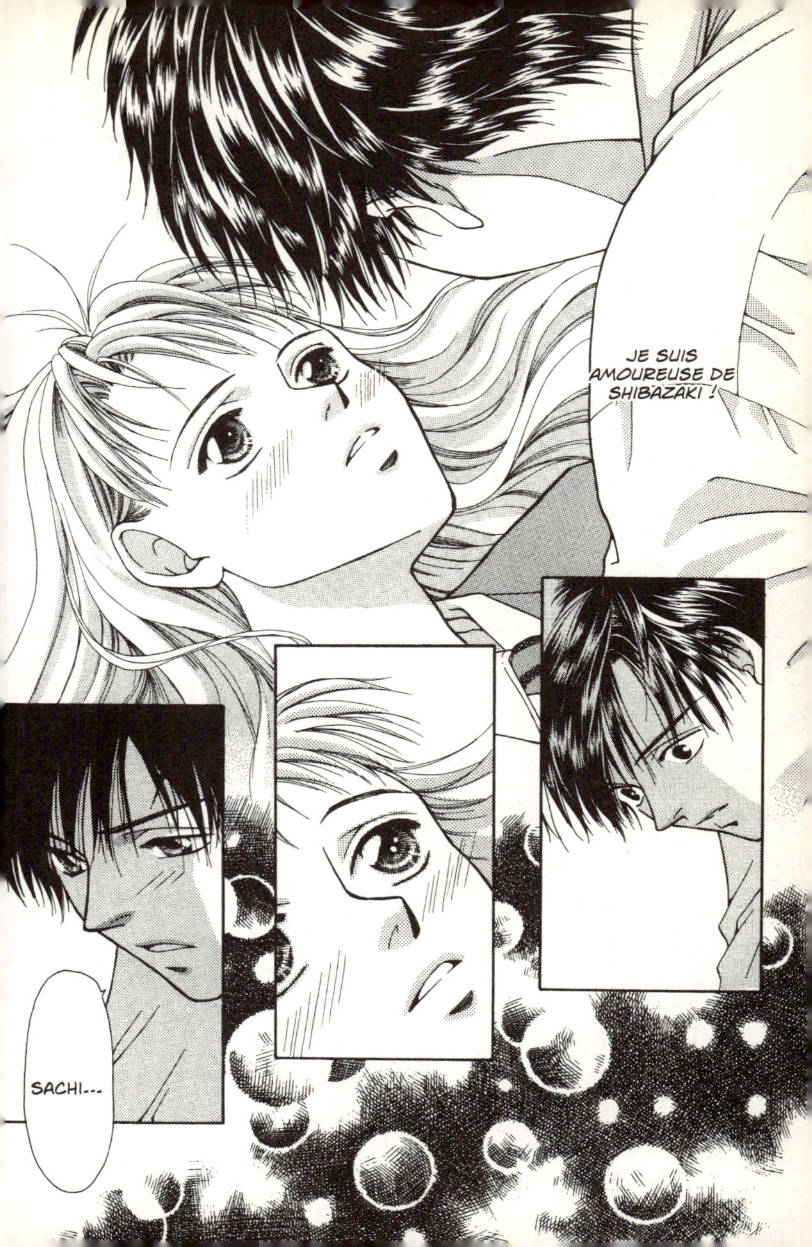
JE SUIS AMOUREUSE DE SHIBAZAKI !
SACHI...

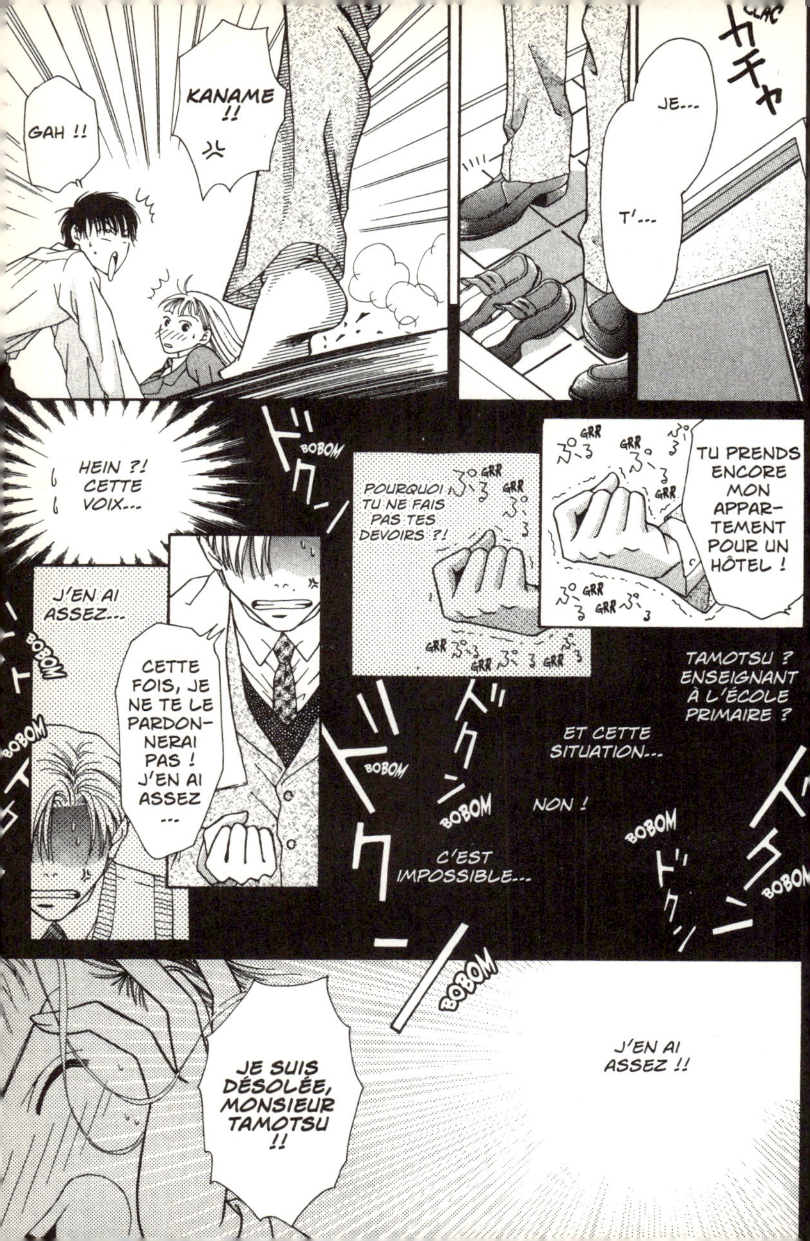

CLAC
JE...
T'...
KANAME !!
GAH !!
TU PRENDS ENCORE MON APPARTEMENT POUR UN HÔTEL !
GRR
POURQUOI TU NE FAIS PAS TES DEVOIRS ?!
BOBOM
HEIN ?! CETTE VOIX...
TAMOTSU ? ENSEIGNANT À L'ÉCOLE PRIMAIRE ?
ET CETTE SITUATION...
NON !
C'EST IMPOSSIBLE...
J'EN AI ASSEZ...
CETTE FOIS, JE NE TE LE PARDONNERAI PAS ! J'EN AI ASSEZ ...
J'EN AI ASSEZ !!
JE SUIS DÉSOLÉE, MONSIEUR TAMOTSU !!

HEIN ?
BAH ?
AH !
JE ME SOUVIENS !
QUELLE SURPRISE ! UNE ANCIENNE ÉLÈVE DANS MON APPARTEMENT !
JE SUIS DÉSOLÉE...
SOIS UN PEU INDULGENT !
UN PROFESSEUR NE LAISSE PAS PASSER UNE CHOSE PAREILLE !
...
MAIS JE ME SOUVIENS ! J'ÉTAIS ENCORE NOVICE ET JE T'AI SOUVENT DISPUTÉE PARCE QUE TU NE FAISAIS PAS TES DEVOIRS !
ALORS, TON PREMIER AMOUR SERAIT...
GLOUPS

ÇA FAIT 4 ANS.
TU ES DEVENUE JOLIE !
BOBOM
AH...
J'AI ENFIN COMPRIS...
CE QUI ME PERTURBAIT !
SHIBAZAKI ...
RESSEMBLE À MONSIEUR TAMOTSU...
POURQUOI TU TE METS EN COLÈRE ?
JE SUIS PAS EN COLÈRE !
...

BOBOM
AAH, TU ES JALOUX !
PAS DU TOUT !
GRR
CALME-TOI ! JE DOIS ME CALMER. JE NE SUIS PAS DU GENRE À ÊTRE JALOUX ! C'EST VRAI ! JE DOIS ME REPRENDRE...
AH NON ?
DIS, SHIBAZAKI...
JUSQU'À QUAND VA DURER LA PÉRIODE D'ESSAI ?
INDÉFINIMENT !
INDÉFINIMENT ? POURQUOI ?
ALORS QUE SIGNIFIAIT CE BAISER ?
DÉPÊCHE-TOI !
JE NE COMPRENDS PAS LES SENTIMENTS DE SHIBAZAKI !
ABSOLUMENT PAS...
TU VIENS À LA SOIRÉE DES CÉLIBATAIRES, SHIBAZAKI ?
...

HÉ BIEN, POURQUOI PAS ?
C'EST JUSTE UNE PÉRIODE D'ESSAI ! RIEN NE M'EN EMPÊCHE !
C'EST RIEN QU'UN TEST !
MAIS PUISQUE TU INSISTES ...
MAIS ...
TCHAC
SHIBAZAKI, TU ES TROP MÉCHANT ! PAUVRE AMIHAMA !
SHIBAZAKI A UN BEAU VISAGE ALORS IL PLAÎT AUX FILLES !
AMIHAMA, FAIS ATTENTION ! C'EST UN COUREUR !
QU'EST-CE QUE TU RACONTES, TOI ?!
...

TRÈS BIEN !
ALORS, SALUT...
...
QUEL MANQUE DE RÉACTION !
C'EST QU'ELLE NE T'AIMAIT PAS, NON ?
ALLONS-Y, SHIBAZAKI !
AUJOURD'HUI,
TCHAC
JE PRENDRAI AUCUN RÂTEAU !
QUAND T'ES LÀ, LES FILLES SE BOUSCULENT !
JE COMPTE SUR TOI !
...
QU'EST-CE QU'IL Y A, SACHIKO ?
RIEN DU TOUT !
J'AI JUSTE ...

UNE HORRIBLE SENSATION...
NOUS SOMMES SORTIS ENSEMBLE DANS DES CIRCONSTANCES AMBIGUËS.
ME SERAIS-JE FAIT DES IDÉES TOUTE SEULE ?
EST-CE QUE SHIBAZAKI M'AIME ?
POURTANT, IL ME SUFFIT DE LE REGARDER POUR ÊTRE HEUREUSE...
TIENS ?

QU'EST-CE QUE TU FAIS LÀ ?
HÉ BIEN...
JE VOULAIS QUE VOUS M'AIDIEZ À RÉVISER.
MAIS SI ÇA VOUS DÉRANGE, JE M'EN VAIS...
HÉ BIEN, ENTRE !
TU DOIS AVOIR FROID, NON ?
TU VAS T'ENRHUMER ALORS, RÉCHAUFFE-TOI AVANT DE REPARTIR !
JE REGARDERAI TES DEVOIRS AU PASSAGE !
ILS SE RESSEMBLENT VRAIMENT...
À S'Y MÉPRENDRE !

ILS SE RESSEMBLENT ET POURTANT MONSIEUR TAMOTSU EST SI GENTIL.
DEVANT LUI, JE POURRAIS RIRE INNOCEMMENT COMME QUAND J'ÉTAIS PETITE...
キーンコーンカーンコーン
DING DONG DANG DONG
VOILÀ, LE COURS EST TERMINÉ !
FAITES ATTENTION EN RENTRANT !
びゅんっ
FIUU
...
ダダダダダダ
DA DA DA DAM
2-C
ぴたっ
STOP
ぜえぜえ
HAA HAA

PA PA PA PA PAM
ぱぱぱぱぱ
TCHAC
TADAAM
GNII
SACHI EST LÀ ?
SACHIKO EST PARTIE DEPUIS LONG-TEMPS !
TU T'ES ENCORE FAIT JETER !
MON PAUVRE !
HI ! HI !
...
TU M'ÉCOU-TES ?
...

GRRRR
イラ
GRRRR
イラ
イラ
GRRRR
PFF ! MAIS QU'EST-CE QU'ELLE FAIT CHAQUE SOIR ?
ELLE SE DÉPÊCHE DE RENTRER APRÈS LES COURS !
DISNEYLAND
PRÉVENTE DE TICKETS !
ADULTE ¥5 000
ÉTUDIANT ¥4 500
ENFANT ¥ 3800
DÉPÊCHEZ-VOUS !!
GRR
GRR
HM ?
MOI, J'AIMERAIS ALLER DANS UN PARC D'ATTRACTIONS !
BILLETTERIE
MERCI, AU REVOIR !
DISNEYLAND
TICKET SPÉCIAL
JE LES AI QUAND MÊME ACHETÉS ...
POURQUOI C'EST ELLE QUI ME FAIT TOURNER EN BOURRIQUE ...

...HÉ BIEN...
KSH
ILS ONT L'AIR DE BIEN S'AMUSER ...

AH !
QU'EST-CE QUE C'EST ?
PSHT
AH !
C'EST RARE QUE TU AIES CE GENRE DE CHOSES !
ALLONS-Y ENSEMBLE !
IDIOTE ! RENDS-LES MOI !
QUOI ? TU AS L'INTENTION D'Y ALLER AVEC CETTE SACHI ?
EST-CE QUE TU SERAIS VRAIMENT AMOUREUX ? ÇA NE TE RESSEMBLE PAS !
JE...
...

AH ! AMIHAMA...
QUOI ? TU AS QUELQUE CHOSE À DIRE ?
OUI !
POURQUOI...
JE SERAIS SÉRIEUX ?
MOI NON PLUS, JE N'ÉTAIS PAS SÉRIEUSE.
C'EST JUSTE PARCE QUE TU RESSEMBLES À MONSIEUR TAMOTSU QUE J'ÉTAIS ATTIRÉE PAR TOI, MAIS C'EST LUI QUE J'AIME !
ALORS...
CE N'EST PAS ÇA QUE JE VOULAIS LUI DIRE !
EN RÉALITÉ...
DANS CE CAS...

POURQUOI TU NE TE DÉPÊCHES PAS...
DE REJOINDRE TON CHER MONSIEUR TAMOTSU ?
EN RÉALITÉ...
JE VOULAIS LUI DEMANDER QUELQUE CHOSE.
ALORS,
BYE BYE...
EST-CE QUE TU M'AIMES ?
EST-CE QUE TU M'AIMES ?
DIS, CES TICKETS...
JE TE LES DONNE !
HEIN ? ALLONS-Y ENSEMBLE !
T'ES CONNE OU QUOI ?

QUI VOUDRAIT ALLER DANS UN ENDROIT PAREIL ?!
J'AURAIS MIEUX FAIT DE NE PAS TOMBER AMOUREU-SE DE SHIBAZAKI...
DEPUIS QUAND SUIS-JE DEVENUE AUSSI TIMIDE ?
PLUS JE SUIS AMOUREUSE ET PLUS J'AI PEUR DE LE LUI DEMANDER.
DANS CE CAS,
QU'Y A-T-IL ?
HEIN ?
TU ES AILLEURS.
TU T'ES DISPUTÉE AVEC KANAME ?
ARRÊTEZ...
IL NE FAUT PAS...
JE NE VEUX PAS L'ENTEN-DRE !
VLAN !

JE SUIS AMOUREUSE DE VOUS !
ALORS NE ME PARLEZ PAS DE SHIBAZAKI !
PRENEZ-MOI DANS VOS BRAS !
HEIN ?
AT-TENDS !
...
JE NE VEUX PAS PENSER À QUELQU'UN D'AUTRE QU'À VOUS !
ALORS...
LES SOUVENIRS DISPARAÎTRONT SÛREMENT.
SI JE FERME LES YEUX,
JE NE VERRAI PLUS RIEN !

TOUT PEUT BIEN DISPARAITRE...
COMME SI DEPUIS LE DÉBUT, IL NE S'ÉTAIT RIEN PASSÉ AVEC SHIBAZAKI.
TOUT...
HEIN ?

JE DOIS OUBLIER...
HEIN ?
BAM !
KANAME ?!
TCHAC
SALO-PARD...
NON ! ARRÊTE...
?

ぶちゅーーうっ
SLUURP !
...
HM...
ぶはあっ。。。
BWOUAAH...
WOUAHA HAHAHA ! T'AS VU MA TECHNIQUE DE LANGUE ?!
LA PROCHAINE FOIS, JE TE L'ENFONCE JUSQU'AU GOSIER ET JE T'EMMÈNE AU MINISTÈRE DE L'ÉDUCA-TION...
BEURK
...

JE...
JE NE SUPPORTE PAS QUE TU PUISSES EMBRASSER UN AUTRE GARÇON.
SI ÇA ARRIVAIT, J'ASPIRERAI SES BAISERS POUR LES EFFACER !
NE REGARDE PERSONNE D'AUTRE QUE MOI DE CETTE FAÇON !
NE REGARDE QUE MOI...
TOUJOURS !

DEMAIN...
NOUS IRONS VOIR UN MATCH DE FOOT !
J'ESPÈRE QU'IL FERA BEAU !
JE SUIS VRAIMENT IDIOTE !
POURTANT PERSONNE NE PEUT REMPLACER SHIBAZAKI !

QUAND JE FERME LES YEUX, C'EST SON VISAGE QUE JE VOIS !
JE SUIS PITOYA-BLE !
JE...
J'EN AI LES LARMES AUX YEUX...
POURTANT, POURTANT...

AMOUR > FIN / PUBLIÉ DANS LE NUMÉRO SPÉCIAL DE SHÔJO COMIC CHEESE ! DU 10 FÉVRIER 2000.

Le garçon de la rivière

JE NE PEUX PAS SORTIR AVEC TOI !
POURQUOI ?

C'EST PARCE QUE TU ME REGARDAIS TOUT LE TEMPS...
QUE J'AI CRU QUE TU ÉTAIS AMOUREUX DE MOI ET QUE JE T'AI FAIT MA DÉCLARATION !
...
JE NE PEUX SORTIR AVEC PERSONNE !
HEIN ?
PARCE QUE ...
JE VAIS BIENTÔT PARTIR TRÈS LOIN !
ALORS ...

IL VA CHANGER D'ÉCOLE ?!
SALLE DES PROFESSEURS
IL NE M'EN A PAS PARLÉ !
AH ? MAIS KAWANO A DIT...
TU N'AURAIS PAS MAL COMPRIS ?
NON, JE SUIS SÛRE QU'IL A DIT QU'IL ALLAIT "PARTIR TRÈS LOIN".
À CE PROPOS, KAWANO N'A PAS L'AIR EN FORME CES TEMPS-CI !
IL VA "PARTIR TRÈS LOIN"...
IL A PEUT-ÊTRE DES SOUCIS ?
"TRÈS LOIN"...
DES SOUCIS...

IL NE VA TOUT DE MÊME PAS...
C'EST BIZARRE !
KAWANO EST CENSÉ HABITER DANS LE COIN...
MAIS IL N'Y A AUCUNE MAISON NULLE PART...
カサ KSS
...

UN ÉTANG...
J'AI LA SENSATION DE M'ÊTRE SOUVENT AMUSÉE PRÈS DE CET ÉTANG, IL Y A LONGTEMPS ...
KAWANO !
SPLOSH

NE...
NE FAIS PAS ÇA !!
WOUAAH !
GWAH
TE SUICIDER PARCE QUE TU AS DES SOUCIS ! IDIOT ! IDIOT ! IDIOT !
BLAM
BLOM
TU VAS ME TUER !
IDIOT !

ゴホッ
HUM
JE NE VAIS PAS ME SUICIDER !
ALORS POURQUOI TU AS DIT QUE TU ALLAIS "PARTIR TRÈS LOIN" ?
SI C'EST UNE EXCUSE POUR TE DÉBARRASSER DE MOI, C'EST MÉCHANT !
QU'EST-CE QUE ÇA PEUT FAIRE ? RENTRE CHEZ TOI !
PAS QUESTION ! JE NE RENTRERAI PAS AVANT QUE TU M'AIES DIT TES RAISONS !
...
DANS CE CAS,
JE VAIS TE LES DIRE !
C'EST VRAI ?

JE NE SUIS PAS HUMAIN !
JE SUIS RESTÉ TROP LONGTEMPS DANS VOTRE MONDE.
MAINTE-NANT, JE DOIS RETOURNER DANS LE MIEN.
TRÈS LOIN.
...
A...

ばしんっ
PAF !
ARRÊTE !
QUEL FARCEUR TU FAIS !
ALORS, SI TU N'ES PAS HUMAIN, POURQUOI ES-TU VENU DANS CE MONDE ?
AHAHA ! PFF...
HÉ BIEN,
PARCE QUE JE VOULAIS TE VOIR !

QUAND TU ÉTAIS PETITE, JE T'AI SOUVENT REGARDÉE T'AMUSER ICI DU FOND DE L'ÉTANG !
MAIS UN JOUR, TU N'ES PLUS VENUE ET ÇA M'A RENDU MALHEUREUX...
QUOI ?
QU'EST-CE QU'IL RACONTE ?
C'EST POUR ÇA...
QUE JE ME SUIS TRANSFORMÉ EN HUMAIN, POUR VENIR TE VOIR.
JE NE COMPRENDS PAS CE QU'IL DIT...
JE PLAISANTAIS !
TU M'AS CRU ?
...
TSS !
AH, IL EST TARD, TU FERAIS MIEUX DE RENTRER !

C'EST PARCE QUE TU NE DIS QUE DES TRUCS BIZARRES !
GRRR
SALUT !
...
ピチャン
PLOUF
DIS,
EST-CE QUE TU M'AIMERAIS VRAIMENT AUTANT... ?
EN SACHANT...

EST-CE QUE TU M'AIMERAIS...
MALGRÉ CELA ?
QUE JE SUIS UN MONSTRE ?
DE CE QUE J'AI RÉPONDU À CETTE QUESTION.
CE DONT JE ME SOUVIENS,
JE NE ME SOUVIENS PAS...

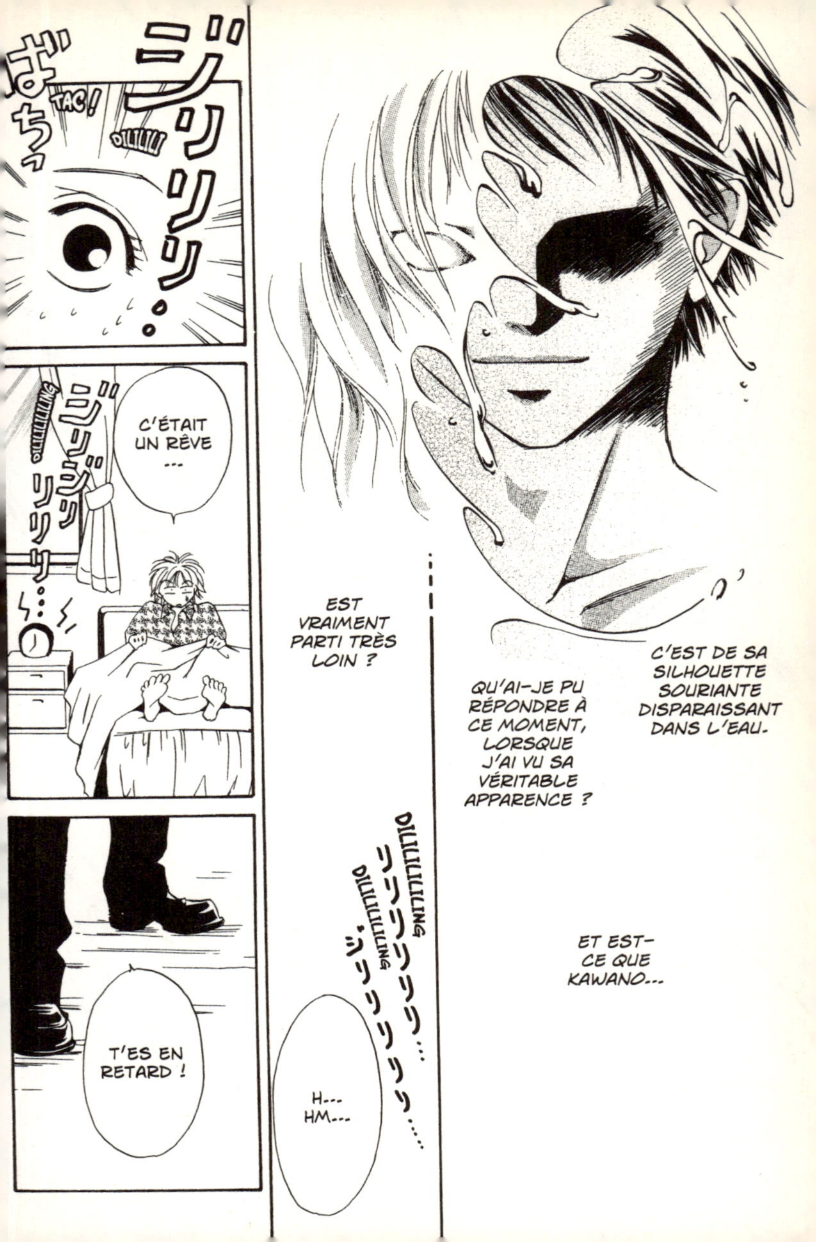
C'EST DE SA SILHOUETTE SOURIANTE DISPARAISSANT DANS L'EAU.
QU'AI-JE PU RÉPONDRE À CE MOMENT, LORSQUE J'AI VU SA VÉRITABLE APPARENCE ?
ET EST-CE QUE KAWANO...
EST VRAIMENT PARTI TRÈS LOIN ?
DILILILILILING
DILILILILILING
H... HM...
TAC !
DILILILI
C'ÉTAIT UN RÊVE ...
DILILILILILING
T'ES EN RETARD !

< LE GARÇON DE LA RIVIÈRE > FIN / ESSAI

Message

Le garçon de la rivière

Au départ, j'avais en tête
un manga humoristique
grandiose parlant de
kappa mais cela s'est
transformé en quelque
chose d'inexplicable.

Par Ako Shimaki

MY DREAM

L'HISTOIRE DE KOSHIMAKI

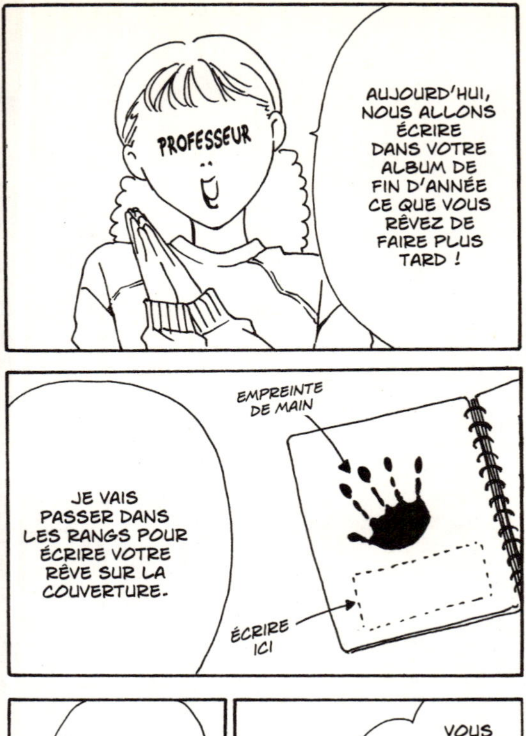

KOSHIMAKI, ÉLÈVE DE DERNIÈRE ANNÉE DE MATERNELLE, PEU AVANT LA FIN DE L'ANNÉE.

J'EN AI PAS...
MAÎTRE D'ÉCOLE !
MARIÉE !
MOI, JE SERAI PILOTE !
PÂTISSIER !
CHANTEUSE !
QUAND JE SERAI GRANDE,
JE VEUX ÊTRE FLEURISTE.
OUI ! SHIZUKA, TU VEUX DEVENIR FLEURISTE, HEIN ?
MOI !
AH !
JE SAIS !
QUELQUE CHOSE...
IL Y A BIEN QUELQUE CHOSE !
MINCE ! JE DOIS TROUVER QUELQUE CHOSE...

CET ASCENSEUR MONTE À L'ÉTAGE SUPÉRIEUR !
ÇA, C'EST BIEN !!
CET ASCENSEUR DESCEND À L'ÉTAGE INFÉRIEUR !
CET ASCENSEUR EST COMPLET !
MAIS COMMENT S'APPELLE LE TRAVAIL DE CETTE DAME ?
HM ?
AU FAIT, LE GRAND MAGASIN OÙ SE TROUVE CETTE DAME, C'EST...
CENTRE COMMERCIAL
SOLDES
D'ÉTÉ
C'EST LE CENTRE COMMERCIAL !
CENTRE COMMERCIAL
SOL
ALORS LE NOM DU TRAVAIL DE CETTE DAME, C'EST...

"DAME DU CENTRE COMMERCIAL" !
JE SUIS LA DAME...
DU CENTRE COMMERCIAL !
NON ! ATTENDS ?!
CE GRAND MAGASIN S'APPELAIT VRAIMENT "CENTRE COMMERCIAL" ?
J'AI L'IMPRESSION QUE CE N'EST PAS ÇA. IL Y A UN AUTRE MOT QUI LUI RESSEMBLE.
SOLD
CE MAGASIN NE S'APPELLE PAS "CENTRE COMMERCIAL"...
ドキン ドキン
BOBOM BOBOM
PROFESSEUR
ALLEZ !
TON TOUR, KOSHIMAKI !
QUE VEUX-TU FAIRE QUAND TU SERAS GRANDE ?
STYLO
BOBOM BOBOM
ドキン ドキン
M... MOI...

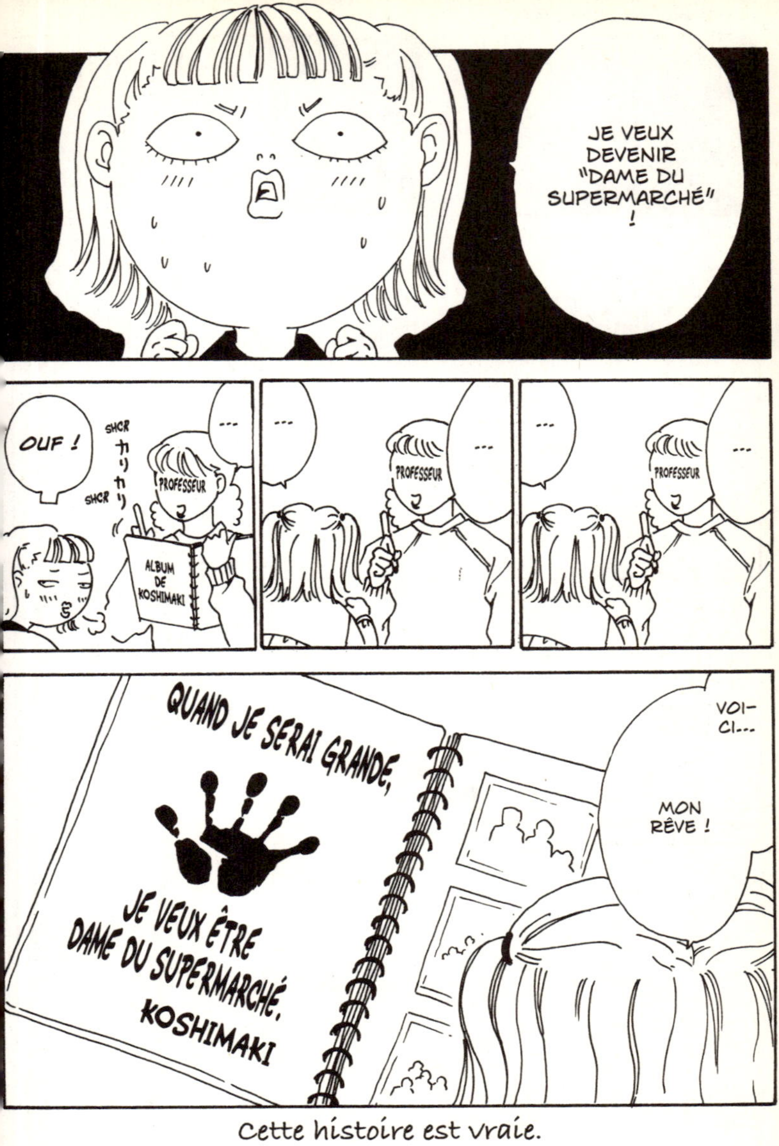

Cette histoire est vraie.

♥ fin ♥

ASUKA
ASUKA
MANGAS

Collection Shôjo

L'infirmerie après les cours
de Setona Mizushiro

Collection Shôjo

Diamond Head
de Setona Mizushiro

MUCHA KUCHA DAISUKI 1

Achevé d'imprimer en France en Septembre 2007
sur les presses de l'imprimerie Hérissey (Groupe CPI)

Dépôt légal : Septembre 2007.

Édition Française :

12, rue Vivienne
75002 Paris

site internet : www.asuka.fr
Email : info@asuka.fr

Traduction : Sonia Verschueren
Adaptation : Anne Vignol
Correction : Adeline Fontaine
Lettrage & maquette : GB One
Couverture : Mr. Jetko